徳田虎雄に育てられた男

はじめに

２００４年４月５日、徳田虎雄徳洲会理事長は難病のＡＬＳに罹患し、日に日にやせられ手足が動かなくなった。

※ＡＬＳ　上位運動ニューロンと下位運動ニューロンの両者の細胞体が散発性・進行性に変性脱落する神経変性疾患。人工呼吸器を用いなければ通常は２～５年で死亡することが多い。

代わりに私に「アジア各国を秀子夫人を連れて訪問せよ！」と命令。各国の歴史を猛勉強させられて、各国の要人に会いに行った！

自分史の中で色濃いページになったので記録して残す必要を感じた。

二〇二一年八月吉日

森　孝

もくじ

◆二人の上司（五輪にて浮かれる江戸で1年生）

二人の上司。１９６４年社会人1年生。住友スリーエム入社。

住友スリーエム時代の一人の上司は佐藤茂主任で住友商事からの出向。もう一人はリデル部長で3Mオーストラリアからの出向。二人は対照的。

佐藤さんはスペイン語と英語を流暢に話し、話題が豊富過ぎてクロージングをなかなかしなかった。

リデルさんはまともな英語も話せず、オーストラリア訛りの英語のみで、商談の後には必ずクロージングに入った。

親会社住友電工の北川一栄社長の奥様から、西宮市仁川のご自宅にお招きをいただいた時はリデル部長からは、すぐに許可が下りた。一方、佐藤さんからは色々と注意を与えられたが許可らしい言葉はなかった。兵庫県の芦屋山手教会での結婚式にはリデル部長が東京から来て祝辞を述べてくださった。

訛りのひどい英語を大阪支店の水関勝年さんが見事に神戸弁で訳した。式にはルームメイトのバルビル・シン・クラナ博士も出席。若くして東大でダイオードの研究で博士号を得た印度人。流暢な日本語だったが一人で買い物をすると失敗した。西武線田無駅の近くに魔法瓶を買いに行ったが「すみません、未亡人を下さい。一人用の綺麗な未亡人を下さい」と魔法瓶と未亡人とを間違えた。

住友スリーエムでは、米国３Ｍのセールススキルの指導を東海林　誠さんから受けた。立教の先輩であり、芸能レポーターとして名をはせた東海林のり子ニッポン放送の元アナウンサーのご主人。お子さんはケン君と言い、妻淑子がベビーシッターをした。北川社長に語った米国３Ｍ流セールススキルは東海林誠さんからの直伝。のり子さんとＮＨＫのアナウンサーで女優の野際陽子さんは仲が良かった。野際さんを「ノギー」と呼んでいた。

◆梅雨時に感染防止を学びにアトランタＣＤＣへ

ミズーリ大学のＦ．Ｂアングレイ教授のはからいで、アトランタのＣＤＣ（米国疾病予防センター）に感染予防の研修に行かせてもらった。１９８１年と１９８２年。

ＣＤＣは日野原聖路加院長が留学されたエモリー医科大学の隣にあった。日曜日には黒人街のキング牧師の育った教会の礼拝に出席した。朝の挨拶は南部訛りの英語で「グッド・モーニング・ヨール」と言われて、「夜じゃないよ。朝だよ」と反応した。ヨールとはＹＯＵ ＡＬＬの南部訛りの発音だった。

帰国後、日本の主要都市で開催したセミナーでは看護師から「伝染と感染ではどう違うのですか？」と質問を受ける。

長崎大学学長の福見秀雄が答えた。

「伝染は日本兵。とても解かりやすい。日本兵は国旗を掲げて侵入して来る。感染はベトコン（南ベトナム民族解放戦線）。兵隊か農民なのか区別がつきにくい。とてもやっかいな兵隊。」

その後で消毒と滅菌の区別についても質問が出された。

同席していた熊本大学学長の六反田藤吉が答えた。

「消毒は DISINFECT で感染力を弱めること。全ての感染させる菌を死滅させたかどうかは不明。滅菌とは全ての菌を死滅させること。オートクレーブ滅菌機等を使う。」

これ等のセミナーでは、北里大学の藤本進教授や岩手医科大の川名林治教授等のお世話になった。

◆ウイーンやシンガポールの看護師世界大会に出席

ジーンデイビス・ナース・プラクティショナーに出会った。

ナース・プラクティショナーとは何？ 同じタイトルの横田米空軍基地の人に出会った。名刺に「補助医」と書かれていた。感染現場で菌の同定もできると言う。戦場では小さな手術も可能と明言。負傷した兵士から銃弾も取り出せ縫合もできると。個室も与えられて給料は副院長と同等と説明があった。驚嘆。

「おしん」がブームになった１９８３年頃。

NHK ホームページより引用

※おしん　１９８３(昭和58)年4月、テレビ小説『おしん』開始。山形の貧しい農家に生まれた少女・おしんが、明治・大正・昭和の激動の時代を背景に、さまざまな辛酸をなめながら女の生き方、家族のありようを模索しつつ必死に生きる姿を一年間にわたって描いた。一年間の平均視聴率52・6％、最高視聴率62・9％（11月12日）という驚異的な数字を記録。一大ブームを巻き起こした。

◆タンポポをたたけば各地飛んで行き

２０２１年、打草驚蛇。習近平首席。アジアに海警船を出し中国の近くを平らげようとしている。

近くを平らげるのを習いとするから、だから習近平。打草されても我々は動じてはならない。驚毒蛇となって相手の足に噛みついてはならない。

アジアや全世界が打草されている。

※打草驚蛇　草をたたいてその奥にいる蛇を驚かす意から、あるものを懲らしめることによって、他のものに警告するたとえ。

◆平和を作り出す人

１９３２年にも１９３７年にも上海事変が起きた。全面戦争になった。満州では帝国日本は満州国まで作った。

そのような中で北九州市門司区錦町11丁目で、私は１９４０年６月３日に生まれた。

この年には夏季オリンピックが東京で開催される予定だったが日中戦争で中止となった。

門司港には昔中国大陸への玄関口大連への定期連絡船もあり友好的な関係だった。

※第一次上海事変　１９３２年１月～３月に中華民国の上海共同租界で起きた日中両軍の衝突。
※第二次上海事変　１９３７年に中華民国の上海共同租界で起きた日中戦争の発端となる日中両軍の戦闘。

◆寒き世に桜咲かせた爺あり

２０１７年に上海に行った。内山完造の銅像のある場所の鴻徳教会で礼拝を守った。礼拝後、牧師は「内山完造翁は立派なクリスチャンでした。彼によって魯迅（ロ・ジン）があり現在の中国があるはずなのです。彼によって啓蒙された魯迅が若者達に語っている銅像も作られました。」と教会前にある魯迅と若者達の群像を指さした。この鴻徳教会の建物には「上帝愛世人」（シャンテイアイセイジン）と書かれていた。「神様は世の人々を愛される」という意味である。

上海行の私には李峰（リ・ホウ）君等４人の中国人がついて来た。時あたかも上海内山書店１００周年記念の年。私は70人もの上海人達に熱烈歓迎されていることを知った。その後、魯迅記念館や、国母とも言われ中国の良心とも言われている宋慶齢（ソン・チンリン）さんの墓を案内してもらった。慶齢さんは、死の直前「中華人民共和国名誉主席」との称号を与えられた。ご主人は、「革命の父」とも「国父」とも呼ばれている孫文である。慶齢さんに敬礼をして後に隣の内山完造・美喜夫妻の墓に向かい花輪を手向け「あなた方二人が築き上げた日中友好を継続させて下さい」と祈りをささげた。その後同行の楊雪芬（ヤン・セッフン）さんのご自宅に招かれた。彼女は、１９８９年天安門事件の前年に民主主義で自由の国日本にあこがれて来日。今は訪問介護の仕事で東京の老人宅を毎日訪問している。

アジアも世界も緊張している。しかし上帝愛世人。宋慶齢さんの東京時代に弾いていたピアノは日比谷公園の松本楼に大切に保存展示されている。日中友好のシンボルである。

※内山 完造（うちやま かんぞう） 1885年～1959年。日本の書店主・文化人。1930年代以降、中国と日本の両方で書店経営者として成功し、日中文化人交流に大きな影響を与えた。

※魯 迅（ろ じん） 1881年～1936年。中国の小説家、翻訳家、思想家。

◆砂糖キビ食べて肝炎築地かな

１９７４年、ニューデリーのオベロイインタナショナルホテルに一泊。黒沢明監督も三船敏郎もインド国際映画祭で同宿とのことだったが、あくる日、友人のバルビル・シン・クラナ博士を訪ねてインドの北部チャンデガールを目指して出発したので、三船さんにも黒沢監督にも会えなかった。

１９７４年はルパング島で28年ぶりに小野田寛郎少尉が救い出された年でもある。

ルームメイトだった留学生を訪ねての旅。ニューデリーから３０００年前の古代の街道をバスでの5時間の旅。到着したのは未来都市チャンデガール。ここはヒマラヤ山脈麓部の丘陵部に位置する。フランスで活躍したル・コルビジェの案を練って作られた未来都市。

清流のジャムナ川には30センチの魚が沢山およいでいた。魚釣りをしたくなり「釣り竿貸してくれ」と言ったら、「我が家は魚釣りをするカーストではない」と叱られた。

クラナさんの一族は皆医師達で博士号を持ち、この都市に住んでいた。

街は昔のままのインド人達でにぎやかだった。自転車でサトウキビを満載した

投降式に出席する小野田とマルコス　(WIKIPEDIA より)

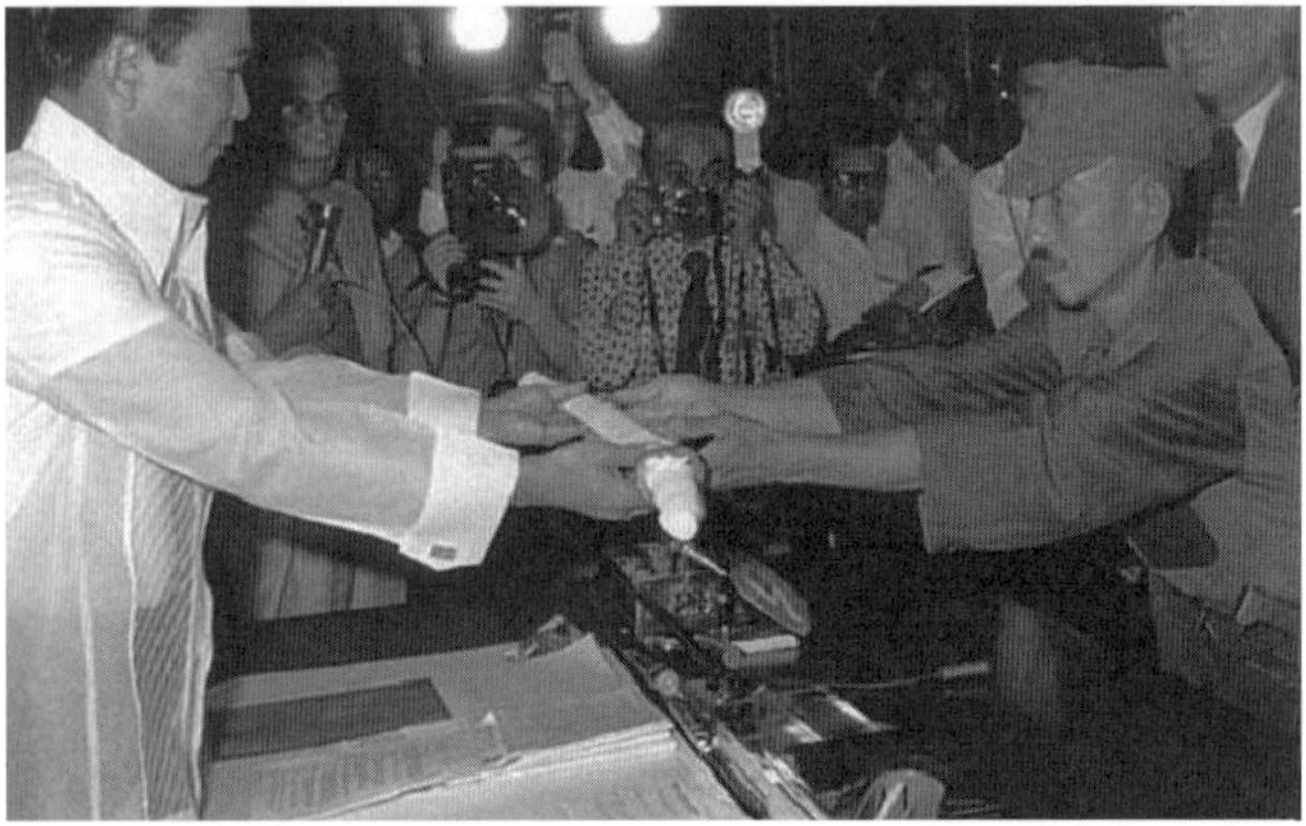

男がジュースを売りに来た。

熊本県人吉市に戦時中疎開していた時代のなつかしさで買って飲んだ。

しばらくして腹痛と下痢。帰国後倦怠感に襲われ会社も休んだ。肝炎だった。まだA型とかB型肝炎とは言われてない頃だったが築地産院が紹介されて通った。ガンマグロブリン注射がなされた。

※小野田　寛郎（おのだ　ひろお）
１９２２年〈大正11年〉～２０１４年〈平成26年〉。日本の大日本帝国陸軍軍人、実業家。最終階級は予備陸軍少尉。陸軍中野学校二俣分校卒。情報将校として太平洋戦争に従軍し遊撃戦(ゲリラ戦)を展開、第二次世界大戦終結から29年を経て、フィリピン・ルバング島から日本へ帰還した。

◆春の日に山火事ありて下山せり

第二次世界大戦の激化を避けて 1944 年に祖父山本武雄の住む人吉市に疎開した。祖父の持っていた山に登った。麓から山火事発生。火はみるみるうちに山道に登って来た。急ぎ下山。

４歳の私は、祖父の背に負ぶわれて地上へ降り立った。古事記の中の天孫降臨の風景を味わった。人生最初の記憶である。この年には帝国日本軍の旗色は悪化の方向へ。

門司港は、空爆で焼け野原となったが、４歳の私は幼稚園にも行かずに球磨川の支流で遊んだ。鮒やメダカが友達だった。

◆寒き日に父は逝きたり母子家庭

父 森志郎は、毒性の強いホルムアルデヒドの研究で東洋高圧彦島工場（後に三井東圧に名称変更）に勤務していたが被爆して肺結核になった。

父から赤子の私にも感染した。赤子の左首には「大きなこぶ」までができた。こぶ付きの赤子の私を見て「この子は20歳まで生きられない」と誰もが言ったらしい。

私は今81歳（２０２１年現在）。生きられないと言った人々は空襲等で次々と亡くなった。私の父は、門司港で闘病中だったが、１９４１年の冬に錦町にあった赤野味噌醤油店からの出火で、裏山の軍道まで逃げて病状が悪化。

１９４１年1月26日に父は天に召された。33歳だった。

私は８か月の赤ん坊。母は22歳。

◆住吉の見合いの席や土筆生え

長嶋茂雄が最優秀選手に選ばれた年。１９６６年４月に見合いの話が舞い込んだ。芦屋市前田町にあった下宿先の鳥居泰子さんに連れられ、ＪＲ住吉駅の近くのイトマンさんのお宅（神戸市東灘区御影町）を訪問。

見合いの場所は茶室だったが、一瞬二代目伊藤萬助さんの後姿を拝見した。仲人は二代目萬助さんのご長男夫妻だった。

見合いの相手大島淑子は、大阪の関目にあるカソリックミッションスクール大阪信愛女学院高等学校の国語教師。

その女学院中等部の教師として住友スリーエム大阪支店の武村通泰課長の奥さんが勤めていた。この武村課長はこの見合い話に猛反対。理由は、大阪信愛女学院学内での造反教師群の一人に大島淑子がいた。それが猛反対の理由。私は課長の話には耳を貸さずに対立した。しかし間もなく東京本社への転勤が発令されたので、体制を改革する大島淑子を支持して、１９６６年の７月に芦屋山手教会での婚約式に踏み切った。

上京するとリデル部長からは、マーケテイングの米国留学か早稲田大学大学院での聴講の道が示された。聴講の道を選び、結婚は１９６７年のイースター３月

26日に式を挙げた。

この日の朝の礼拝で、淑子は井坂辰雄牧師から洗礼を受けた。洗礼盆は、城崎進関学神学部長（後の学長）により持たれていた。

芦屋山手教会には本屋敷錦吾先輩の息子さんが通っていた。長嶋さん達のジャイアンツの定宿はホテル竹園芦屋だった。V9を遂げた巨人軍川上哲治監督以来の定宿と言われている。中日の投手星野仙一さんもこの竹園芦屋が定宿で離れを与えられていた。

１９６７年、東京都都知事選挙があり美濃部亮吉（社・共推薦）が松下正寿（立教総長。自民推薦）を破り都知事に就任。

※2代目伊藤萬助（いとう まんすけ）明治12年（１８７９）〜昭和38年（１９６３）。日本の実業家。大阪府多額納税者。

◆櫻さく植木の森で笑いつつ

１９６６年、妻淑子がキリスト教教育主事の資格を取るため、聖和大学に編入学し別居することになった。妻は神戸の家に、私は一年間、会社の用意してくれた東京の環八通りにある住宅街砧の家に住んだ。

裏は植木等家で子供の教育に厳しい家だった。庭の植木への娘の水のまき方には特に厳しかった。コメディアンと言うより厳しい植木屋さん。娘婿さんは部落問題研究家。

左隣りの家はいかりや長介。本名は碇屋長介。弟子は志村けん。

真ん前は畑のように広い庭付きの愛川欽也家邸。奥さんはとてもまじめ。毎日畑の手入れをしていた。うつみ宮土理の家に欽也が通っていたらしいが本妻は黙々と畑仕事。愛川の本名は井川敏明。だから息子さんは井川晃一さん。

振り返ると僕はコメディアン村に住んでいたのだ。

◆世田谷の西瓜の季節子宝や

世田谷の冬城クリニックで、１９７２年８月14日待望の息子「清」が生まれた。元気に成長したが、息子は27歳の時、リンパガンに罹り、慈恵医大に入院。松井道彦経営担当理事に大変お世話になった。なかなか癌が消えず、無菌室での闘病となった。

婚約者の畑野繭子さんが毎日見舞いに来た。この繭子さんと息子は結婚。困難な中にも神の御手を信じている。

息子の１歳の頃、写真館にて撮影

◆青柿を実らす為に庭を掃き（1972年）

内山完造等の中国周恩来首相等との前交渉の努力が奏をなして、この年9月に田中角栄首相が中国を訪問して国交回復。この中国行きを田中首相は大変躊躇したが内山完造から背中を押されてしぶしぶ出かけて行った。周恩来首相は流暢な日本語で「ようこそお越し下さいました」と出迎えた。田中首相は冷や汗をかきつつの中国入りだったが、周恩来首相の日本語にほっとし、汗をぬぐった。しかし2020年2021年とコロナと習近平の打草驚蛇策でアジアの海も太平洋も波高しである。上海には内山完造夫妻の墓が造られ、日比谷公園の松本楼には宋慶齢のピアノが大切に展示されている。

世界と中国の緊張緩和の為に何ができるのか？日本が問われ我々が問われている。上帝愛世人。世人愛世人。内山完造は祈りから始めた。我々も祈りから始めよう。

◆師走前火事から救う水いずこ

２００2年に発生した慈恵医大青戸病院での医療過誤事件は２００３年11月大きなニュースになった。その責任を問われて松井道彦経営担当理事が退職を迫られた。松井理事は異業種勉強会での親友であり息子の命の恩人。再就職先を探した。しかし医師の世界は皆冷たかった。

そこで門司東高校時代の水野武雄君の知恵を求めた。示されたのが徳洲会の徳田虎雄理事長だった。何とかして松井道彦医師と徳田虎雄医師の面談をと画策した。

徳田虎雄理事長は、１９３8年2月17日生まれで、国会でも活躍（衆議院議員4期、沖縄開発政務次官）し、医療業界の革命児で、日本最大規模の病院・医療事業グループを築いていた。面談はすぐに実現した。面談を重ねて7回目の面談の時、松井医師は徳田理事長に切羽詰まった異変を感じた。徳田理事長の口から、「徳洲会の理事長を引き受けてくれ！　全国の病院と離島の各病院を回ってくれ！」と言われた。松井先生は言葉を失いつつも、「私には徳田理事長のようなカリスマ性がありません。諸先輩の先生方を差し置いて理事長にはなれません」と言い、その後手紙でも同じ返事を出した（２００４年４月）。

徳田理事長はＡＬＳをすでに自覚しておられたのだ。国会では長期欠席の代議士として非難を浴び始めていた。徳田虎雄理事長は松井さんの返事に怒り、「この面談をアレンジしたものを呼び出せ」と命じ、水野君と私、森が引き出された。徳田理事長はあの太い目で二人を長時間にらみつけて、「徳洲会で働け、そして世界を回れ！」と命令（２００４年６月）。

松井理事の救出作戦は失敗した。私は副総長として徳田秀子夫人等と海外を回る仕事が命じられた。この流れを裏で、島田康作徳洲会国際奨学財団理事長が手を回されていた。

この年「なんでだろう～」が流行語になった。私も「なんでだろう～」と、呟きながらアジアの歴史を猛勉強した。言葉も中国語、インドネシア語、ロシア語、タイ語、タガログ語等猛勉強に追い込まれた。さらに医学用語のギリシャ語まで勉強した。これ等の言葉は、門司港の仲町の山本菓子卸店での外国船への配達の経験が役にたった。外国船の下級船員はギリシャ人であり、アジアの人達だった。

※『なんでだろ～』　お笑いコンビ、テツ＆トモが２００３年に『なんでだろ～』で流行語大賞を取った。赤・青の揃いのジャージを着てトモがギターを弾き、テツがおかしな踊りをして「なんでだろ～」と連呼しながら日常の何気ない疑問について繰り広げる漫談で有名になった。

◆盆の明けベニグノ墓参コリー泣き

フィリピンには2004年8月20日、ベニグノアキノマニラ空港に私達一行は降り立った。この空港でアキノ大統領のご主人ベニグノさんが、1983年8月21日に暗殺されたのだ。スペイン、米国、日本に支配された歴史を持つフィリピン。しかし、キリシタン大名高山右近を受け入れた国。秀吉により多くのハンセン病患者が送り込まれたが受け入れた国。

コラソンアキノさん〈第11代大統領〉を訪問した。開口一番「今日はどうしてトラオトクダは来ないのか?」。秀子夫人は「多忙で来ることができなかった」と答えた。ALS発症は国内外共に秘密だったのだ。

コリー(コラソンアキノの愛称)は答えた、「それは残念。明日はベニグノの命日なので墓前ミサを立てる。聖餐式も執り行うのでパンと葡萄酒をいただいてください」と言われ、8月21日墓前に集まった。大きなテントが張られて100人程のミサが始まった。

聖餐式も執り行われて、パンと葡萄酒をいただいた。徳洲会からの参加者で、聖餐式のパンと葡萄酒をいただいたのは私一人だった。帰りの車中でコラソンアキノ元大統領がトラオトクダのお父様の言葉を語った。

「大阪大学医学部に合格しなかったら徳之島に帰ってくるな！　帰り道には鉄道もある海もある。飛び込んでしまえ」、この言葉の後からトラオトクダの壮絶な毎日が始まった。彼の毎日の計画表には「生か死か」と書かれるようになった。私の主人ベニグノアキノも生か死かの人生を送った。今日がその記念日なのです。イエスの生き方も生か死かでした。後年人々はイエスをキリスト（救い主）と呼ぶようになった。なぜこのフィリピンでここまでなされるのだろう？

2003年まで徳田虎雄理事長が足を運んでおられたからだ。大阪本部の小野田隆さんを通訳として度々足をはこんでおられたのだ。

この年中越地方地震とスマトラ沖巨大地震が発生。まさか私が救援隊を組織する役目を担うとは夢にも思っていなかった。その巨大津波の現場に、小泉首相が2005年4月23日に登場してインドネシアの内戦が停戦になるとは夢想だにしなかった。

※高山　右近（たかやま　うこん）　戦国時代から江戸時代初期にかけての武将、大名。代表的なキリシタン大名として知られる。カトリック教会の福者。

2004年8月22日。コララン・アキン元大統領表敬訪問

Mrs. Tokuda with Former President Corazon Aquino of Philippines,

◆アポ無しのバングラデシュに柿実り

徳田理事長はノット・ノーマル。バングラデシュ国グラミン銀行ムハマッドユヌス総裁にアポ無しで秀子夫人と我等一行を、２００４年秋に飛行機に乗せた。バングラデシュ空港に到着しても誰も迎えが無い。タクシーに乗ったが貧困にあえぐ母親達が栄養失調の赤ん坊をタクシーの窓に押し付けて物乞いをする。

やっと総裁の事務所に到着したがユヌス総裁は不在。銀行の重役達と会議を開催。重役の一人が秀子夫人の隣で通訳している私に質問した。「なぜ決定権者のトラオトクダは来なかったのか？」「決定権者の代わりで秀子夫人が来ている。徳田理事長は国会で多忙で来ることができなかった」と説明した。

一時間後よーく見回したら席の隅にユヌス総裁が座っていた。重役たちは小口融資の現状と課題を述べて、徳洲会からの援助があると助かると述べた。日本からの１０００万円はバングラデシュでは1億円の価値があるとも述べた。２０００万円があれば2億円に相当し、多くの女性を助けられるとも強調された。

秀子夫人は即答を控えた。我々の間に沈黙の時間が流れた。気まずい思いでバングラデシュを後にした。

帰国後、徳田理事長から「錬金せよ」（お金を生み出せ）と命令された。私はムハマッドユヌス総裁の小口融資を軸として、ノーベル賞への推薦文を書き国会議員徳田虎雄の名前でノーベル賞選定委員会あてに投函した。

2年後にＮＨＫから電話、「ムハマッドユヌスさんがノーベル賞に選ばれました。15分後のニュースをご覧ください」と道傳愛子ニュースキャスターから電話があった。徳洲会からは一円も出てなくてユヌス総裁にはノーベル賞の２０００万円が送られる。しかも彼には名誉あるノーベル賞受賞者という名称が与えられることになった。

ユヌス氏は受賞後、立教大学タッカーホールで講演があり、再会が実現した。彼はトイレを出て来たところで、私を見つけて濡れたままの手で握手して来た。アポ無しで資金も無く、石井一元外務副大臣には、推薦文起草には反対されたが徳田理事長は署名捺印し「錬金を学べ」とニヤリと笑みをおくられた。イエス様もアポなく資金はなかった。後にキリスト（救い主）と呼ばれるようになった。

※ムハマド・ユヌス　74年の大飢饉で、祖国バングラデシュの貧困層の窮状を目にし、貧困層の支援活動を決意。76年に貧困層をグループ化して融資を行う貧困救済プロジェクトを開始。グラミン銀行を創設。無担保で小額の資金を貸し出し、貧困層の自立を支援した。借り手の大半は女性で、資金を元に竹細工や陶器作りといった様々なビジネスを展開。この取り組みが、２００６年にグラミン銀行とともにノーベル平和賞を受賞。

◆梅拾う狭山の爺や興亜人

月刊「レコンキスタ」の発行人木村三浩さんから見てのコメント。徳洲会東京本部朝礼では木村三浩一水会代表と隣り合わせる機会が多かった。慶應義塾大学院法学部で学んだ国際人。鳩山由紀夫元首相とクリミヤ訪問をも行った木村さんからの森孝をみてのコメント。

「森さんは、まず英語の達人である。そして人道主義者だ。インド独立の英雄チャンドラ・ボースをリスペクトするインド人の心情に寄り添っている。現代日本人が忘れ掛けている義侠心を持っているのが森さんだ。強く敬意できる。木村拝」

(原文のまま)

※『月刊レコンキスタ』　右翼民族派団体「一水会」の機関紙。

◆原発ツアー参加の小島智子さんから見てのコメント

「ご飯を美味しく召し上がる様子が頼もしい。どのような質問しても、私の知らない世界を詳しく教えて下さる。いつも青年のように好奇心旺盛。地球上の多くの出来事に関心を示す。知らない人々にまで幸福を届ける。まだまだ未来が楽しみの人」

※徳洲会事件　徳洲会グループの運営方針を巡って、創業者親族と事務方トップである徳洲会事務総長が２０１２年に対立。事務総長は同年９月に事務総長職を解任され、２０１３年２月に懲戒免職となりグループから追放された。

◆白百合や安倍晋三も通う道

眼科は虎ノ門にあるスターアイクリニック。徳田虎雄理事長の次女美千代さんが院長だった。

ここには安倍晋三さんが官房長官時代から来られているとのこと。院長は、目が魅力的な背の高い白百合のような女性。このクリニックはアメリカ大使館にも近かった。院長はアメリカ人男性にも目に留まり、アーサ・スターン氏と結婚された。このご主人と私は同じ部屋で仕事をした。彼は、高度な日本語はできなかったが海外担当執行役員として英語だけで仕事をしていた。私は徳洲会で働いているとは思えない、英語だけの毎日の職場環境だった。

猪瀬直樹都知事をも巻き込んだ２０１３年の徳洲会事件等とは無縁の職場環境だったのだ。それでも特捜やマスコミの記者達には追い回され机の中の書類も携帯も全部特捜が持ち帰った。

数日後「あなたは事件にもスキャンダルにも全く関係ありません。森孝は真っ白です」と特捜に言われた。

◆枯れ葉舞う鈴懸の道帰りゆく

２００4年7月に徳洲会東京本部に就職させてもらい、与えられた部屋には心臓移植の和田寿郎教授の本がずらり。この部屋は、和田寿郎教授の部屋だったのだ。１９６８年に日本で最初の心臓移植をされた。生命倫理と医師としての判断の間でマスコミを騒がした教授の部屋。先生のご自宅は池袋の立教小学校の真向いのセントポールマンション。

先生は毎週帝国ホテルでのロータリークラブに出席されたが、２００5年、83歳くらいから御一人で帰るのに不安を覚えるようになられた。北大を首席で卒業の先生でも認知症が少しずつ忍び寄ってきたのだ。帝国ホテルから池袋のご自宅まで送って帰る仕事は私になった、お送りしたが楽しい思い出。立教大学正門から入りチャペルでパイプオルガンを聴き、鈴懸の道を通り立教小学校に出た。マンションは先生の持ち物だった。

奥さんは周子さん。聖心女学院同窓会の会長さん。驚いたことに周子夫人はメキシコの新聞の特派員だったアナマリアと親友であった。１９６1年12月5日国際学生会議（ＩＳＭ）で出会った時から、２０１3年の亡くなられる1週間前までアナ・マリア（日本式名前ＩＷＡＤＡＥＭＡＳＵＭＩ）には教えを受けた。私にと

アナマリアさんとインド人のクラナ博士

り先生だった。
寿郎先生は2011年2月14日に亡くなられた。89歳。葬儀には寿郎先生の教えを受けた寿刀会の医師達が大勢出席した。

マリアンナさん、池田首相（当時）と面談したときの現地新聞記事

Japón Espera de México una Mayor Cooperación Económica y Comercial

El Primer Ministro Hayato Ikeda, Habla del Significado de la Próxima Visita del Lic. López Mateos a su País

Por ANA MASUMI IWADARE A.

EL PRIMER MINISTRO del Japón, señor Hayato Ikeda con Ana Masumi Iwadare A., en la interesante entrevista que le concedió y en la que habló de lo que espera su país de la visita del licenciado López Mateos.

◆飯倉で鈴蘭香るクリニック

国連WHO指定医エフゲニーアクショノフ院長との縁（2004～2014）。1924年中国東北部生まれのロシア人医師。7か国語を話す慈恵医大卒。六本木の「赤ひげドクター」。六本木飯倉片町の角にあったインターナショナルクリニック院長。貧乏な患者さんからは料金は取らなかった。

徳田理事長からの最初の仕事は、「六本木の赤ひげを訪問し関西空港へ飛べ」だった。関空に行くとモスクワからの自家用ジェットが到着していた。セルゲイと言う大男がクセニヤちゃんと言う赤ちゃんを抱いて降りて来た。4歳と言われたが軽かった。すでに脳死状態だった。「日本医療なら脳死状態でも生き帰らせうる」と信じての来日。愛娘の死を受け入れられないセルゲイ夫妻の姿があった。アクショノフ院長にも徳田理事長にもこの状態を報告した。「セルゲイ夫妻のニーズを満たせ」が両名からの返事だった。

私は天を仰いだ。まず関空の近くの徳洲会の病院から救急車を呼び入院させてもらった。院長も看護師も「もう脳死状態」と告げた。「解かっています。それでも二日入院させてください。その後は羽田に運び、関東の病院に移して、最後は横浜の外国人墓地に埋葬しますから…」と懇願した。

アクショノフ院長からは「ロシア人は火葬を拒否。土葬を要求する」と伝えられた。関東の徳洲会病院入院の間に土葬の土地の許可を求めにあちこちに交渉。ロシア大使館も協力してくれた。ついに許可が得られた。土葬する職人も確保できた。土葬儀式を執り行う祭司も神田のニコライ堂で手配がなされた。これ等全てにインターナショナルクリニックの山本ルミ看護師（空飛ぶエスコートナース）が力を貸して下さった。

全てが終わりセルゲイ夫妻から「スパシーバボリショイ」大変有難うと言われ、「娘クセニヤは日本の土地に埋葬されるのが夢でした」と告げられた。

ロシアマフィアにアリバイ作りに入院されたこともあった。25万円の入院費を未払いで逃げられた、この費用は、全てアクショノフ院長が払って下さった。

マイケルジャクソンも日本滞在中は患者だった。

この２００４年にプーチン大統領が再選された。「赤ひげドクター」は２０１４年８月５日に亡くなられ、ニコライ堂で葬儀がなされた。当日までロシア語を猛勉強した。

そして当日、ロシア語の葬儀に徳田理事長の代わりに参列した。

◆ダビンチで癌のオペして櫻咲き

前立腺癌をダビンチでの手術。２００５年ＰＳＡ（前立腺特異抗原）が８となり前立腺癌が疑われて徳田虎雄理事長の配慮で、新宿の東京医科大病院に入院となった。３億円もする米国のＩＳ社の開発したダビンチロボットが、この病院には導入されたことが理由であった。入院費は無料。ダビンチロボット手術が条件だった。前立腺癌は人間の手の手術では除去しにくい、骨盤の奥にある部位をダビンチでは除去可能とのこと。ダビンチロボットは前立腺癌に圧倒的に実績がある。内視鏡手術支援ロボットがダビンチ。私は日本国内でのデモンストレーションサンプル？待遇は特別室が与えられて快適だった。

眼下に桜の満開を眺められる部屋。前立腺がんは進行が遅い。手術しても、しなくても寿命は同じ場合もあるとも聞いた。前立腺ダビンチ手術は腹部に小さな穴を開け、医師は三次元映像で手術可能な腹腔鏡の４本のロボットの腕を入れるのだ。医師は拡大された画像を見ながら極小器具をも思い通りに動かせる手術。無事手術を終えて退院。日常生活に支障はなかったが、頻尿が気になった。夜間の頻尿は夜中に３回。やっかいと思っていたが、81歳の今では前立腺を手術していない男性たちも、夜中に３回は起きると報告があった。

◆ヤンゴンやキルギス凌ぐ残酷さ

ミャンマーの２００８年の巨大サイクロンキルギスよりも悲惨な２０２１年の軍事政権ミャンマー。

洪水も発生し、ヤシの木に登った人に暴風が吹き付け椰子の葉が、木に登った人の首を何度も打った。ついに避難していた人の首をも打ち落とした。これ程の悲惨な映像を見たことはない。

この年徳洲会は医療救援隊を派遣することにした。私は通訳を見つけ都内を走り、シェーン君を見つけ採用した。２０２１年のミャンマー軍事政権の軍による毎日の蛮行はキルギスをしのぐ。

２０１９年12月27日、シェーン君がミャンマーのヤンゴンに帰ると言う。東京に会社を持ち家もあるのに「市民を資金的に支援をするために帰国をしたい」と連絡して来た。インドネシア内戦も停戦になった話を私から聞き「良い歴史を聞いた」と帰国した。ヤンゴンでしばらく活動していたが軍に狙われ出したのでネパールに脱出した。１泊４０００円のホテル生活をしている。もう4百万円は使っている。このシェーン君と国会議員（衆議院）の阿部知子事務所をつないだ。国会も動き超党派で議員達も動き出した。

◆夏日にも山の上にて風呂はなし

チェンマイの山岳部を１９７４年に、北里大学の藤本進教授とスリーエムの田中健彦さんとトレッキング訪問した。ミャンマーから逃げて来たカレン族の家が山岳部に沢山あった。中心には教会と思われる建物もあった。讃美歌らしいものも黒板に書かれていた。27万人が逃げてきているとも聞いた。山の上には水道は来てない。山から降りて川で体を洗うのだ。メーサイをも視察した。不思議な近代的な建物が見えた。フランス資本の「とばく場」とのこと。

駐日ミャンマー大使館は北品川の広大な敷地にある。日本との巨大な関係を彷彿とさせている。日本政府は何かができる立場にあると思える。しかし在日ミャンマー人に質問すると異口同音に「ミャンマー大使館は、留学生等の在日ミャンマー人に親切でない。しかし在日の軍人には親切」と答えた。不思議な国だ。

徳田理事長は、ミャンマーについても歴史を掘り下げてみよと私に命令した。帝国日本軍は戦時中当時のアウンサン将軍に「多民族国家を統治するには軍を強くすることだ」と洗脳したらしい。今のミャンマー国には日本帝国軍人により撒かれた種があるのだ。我々日本人も歴史を学べば、きれいごとでＴＶの軍国主義ミャンマーを見れなくなる。

◆タイの寺捨てられた犬夏に吠え

タイの元副首相チャムロン・シームアンは空軍司令官だったが、バンコックの知事もしていた。当時のプミポン王様の信頼を得て専制的な首相を国外追放に成功した。そしてタイに民主化をもたらした。

彼の奥様、パイチットから、2021年4月9日にメールが来た。「主人チャムロンシームアンはコロナに感染してチュラロンコン大学病院に入院した。壮健な空軍司令官だったが85歳なので心配である。回復を祈ってください」と。

私は祈った。結果として、4月19日に退院して帰宅したとパイチット奥様からメールをもらえた。

チャムロンシームアンには、人殺しの空軍司令官から病人の生命を救ってもらう仕事に代わってもらう為に、彼の採用した看護師や機械修理のエンジニア達に透析治療の訓練を滋賀県のニプロの研究工場で受けてもらい、透析の機械も寄贈した。バンコック市内の一番適切な場所に透析センターを開設してもらった。

チャムロンは広大な山を購入して、棄てられた犬を拾い集めて飼うことになり、最終的には1万匹を飼うこととなった。棄てられた犬達なので病気持ちの犬が多かったが空気も清涼な山が与えられて、元気な犬の声が聞こえるようになった。

２００４年12月のインドネシア巨大津波ではタイのタクワパーでも多くの犠牲者が出て徳洲会の医療救援隊もタイの空港に到着。タクワパーまでの案内はチャムロンさんにお願いした。空港での検閲もチャムロン元副首相の案内でフリーパスに近い短さだった。

チャムロンさんはタイの市民から「大師様」と呼ばれ始め、民衆から拝まれるようになった。道行く先々で拝まれ民衆の手から献金がなされるようになった。

◆千葉西総合病院の沖縄出身の嘉数さんのコメント

「森親方様の人柄、人間性、さらに社会的奉仕精神の旺盛さに脱帽。また松山英樹の快挙を俳句に乗せる腕はさすが達人。自分史拝読希望が多くなるのは必定。一日千秋の思いで自分史完成を待っています。阿部知子元院長やチャムロンシームアン大師は森親方が大好き」

◆瓢箪（ひょうたん）や縁つながる阿部知子

２００４年７月に徳洲会東京本部に入れていただき、歓迎会を湘南鎌倉で開催していただいた。徳田虎雄理事長は、ご自分の代わりに阿部知子医師をその席に用意された。女医では初めての徳洲会病院の院長を任せられた知子先生。理事長の信頼度が解かる。その後、国会にも打って出られて衆議院議員になられ７回当選。藤沢で子供クリニック院長も継続されながら、原発の反対ツアーをも継続。さらに医療分野で世界に貢献するキューバをも支援しノーベル賞へも推薦の努力を継続しておられる。

家庭では主婦としてゴミ出しもなさる。知子さんは病弱な子供で幼稚園にも行くことが適わなかった。小学校でも体育の時間は見学せざるを得なかった。しかし奮励努力して東大医学部に合格された。徳洲会設立者の徳田虎雄元理事長を心から尊敬し、中村哲医師の殉教や支倉常長の殉教に涙される。人生の旅路で得難い友である。私との縁を作っていただいた徳田虎雄元理事長に感謝いたします。

※支倉常長（はせくら つねなが） 1571年～1622年。安土桃山時代から江戸時代初期にかけての武将（仙台藩伊達氏家臣）。慶長遣欧使節団を率いてヨーロッパまで渡航し、有色人種として唯一無二のローマ貴族、及びフランシスコ派カトリック教徒となった。

◆睡眠時無呼吸が発見されCパップの愛用者に

私は、飛行中いびきと無呼吸が問題となり、２００５年に湘南鎌倉総合病院で一泊入院検査がなされ、正式に睡眠時無呼吸症候群と診断されて、Cパップ（持続陽圧呼吸装置）が渡され16年間愛用している。

この装置の素晴らしさは、短時間の睡眠で疲れがとれることである。心筋梗塞、脳梗塞の合併症の低減にも役立つとも聞いた。夜間頻尿の低減にも効果があった。驚いたことに睡眠時無呼吸の症状が無いのにこの装置を愛用している院長がいることでした。

私は海外に行くのにも、このCパップを持参して出かけるので、時差がひどくても熟睡ができて疲労することなく国際間を快適に移動している。

◆島国で資格取りたる無花果や（ハンガリー人のパルフィー設計士）

２００４年、吹田徳洲会病院の建築設計のコンペがあった。ハンガリー人のパルフィー設計士も応募したが落選。その落選を聞きがっくりと肩をおとした。そのあまりの落胆ぶりを見て私は声をかけた。

「教会堂の設計をしませんか？採用されたらお金は払います」

彼は狂喜して新狭山の土地を見に来て、狭山教会の設計図を数点持参した。十字架はなるべく東に置くと言って、「オリエンテーション」の本来の意味「十字架を東に置く」を繰り返した。

我々はようやく理解ができ、狭山教会の現在の姿ができあがった。東洋で唯一のハンガリー人によって設計された教会堂。ロシアのウラジミールポポフ官房長官もわざわざ見学に来て教会堂内にしばらく滞在したが「心落ち着く会堂だ！音響もハラショー」（素晴らしい）と言ってくれた。

◆白桃の香りゆかしき岡山や

小学校4年卒（4年で中退）の二人の岡山県人。一人は1885年生まれの内山完造。日中友好協会を門司港で立ち上げて初代理事長になり1972年9月に日本と中国の国交回復の田中角栄首相の訪中の御膳立てをしたのはこの岡山県人であった。小学校4年卒の本屋の親父を中国人達は「内山完造老板（ナイザンカンゾウロウペイ）と呼んだ。日本語では内山完造親分。

第一次世界大戦の最中の1917年に、上海四川路に内山書店を開き魯迅や郭沫若達が通った書店。蒋介石が魯迅を追った時は書棚の後ろにかくまった。角栄の頭痛の種だった中国の日本に対する賠償請求の大課題も、周恩来首相と事前に協議し根回しをした岡山県人内山完造。小学校4年卒の快挙である。

中国政府は完造の内山夫妻の墓を国母と呼ばれた宋慶齢の墓の横につくった。この内山完造は、母の実家である門司港の山本菓子卸店によく来た。母は父志郎を早くに亡くし一人身だったので再婚話が沢山あった。上海から引き揚げて来た内山完造も独り身だったから小学生だった私は母との接近をことごとく邪魔した。邪魔してなければ内山孝となり日中友好の功労者の息子になっていたのかもしれない。

しかし２０１７年の上海内山書店１００周年記念では、70人もの中国人に熱烈歓迎を受けた。

もう一人は大島和太郎。小学校４年卒で玉島海運株式会社の社長になった。倉敷市玉島で船乗りになり、飯炊きから始まり最後は船会社の社長になり陸の搬送をも行う海運会社にまで成長させた。船乗りだったが、港では陸に上がらずに船の上で編み物をして家族全員の衣服を編みあげた。港湊での浪費をせずに財をなして土地を買い船大工を使い、がっしりした多くの家を作った。自宅だけで無く親類の家まで作り与えた。

妻の親類が多くいるからと神戸に家を建てた。玉島の家は、末娘淑子に継がせる夢を持っていたが私が現れてさらっていった。和太郎さんの夢を壊した。

大島和太郎は、私の妻での父でもある。

◆ヨット浮く葉山の海や富士の峰

徳田虎雄理事長の本部指令室は、天皇家の葉山御用邸の１Km先にあった。三浦郡葉山町下山口。ここには外国のお客様をお連れした。

２００４年にブラジルのクルチバからはバチスタ医師が来られた。ランダス・バチスタ医師は、徳田理事長の御体の変わりように大きな両目に涙をあふれるほどに浮かべて泣かれた。

トラオさんは文字盤の文字を選びながら『人生は苦しいことが多いほど豊かになる。神様がこの難病を下さったことに感謝している』と文章にされたので私は通訳した。バチスタ医師は、「ここはハーレムだ。トラオは美しい笑顔の看護師達に囲まれている。ここから見る海はきらきらと輝き春の海だ」と別れの言葉を告げてから、須磨久善院長の葉山ハートセンターの屋上に上り御用邸を眼下に眺め、遠くに富士山を見て十字を切り涙ながらにポルトガル語で叫んだ。「エロイ エロイ ラマサバクタニ！ なぜトラオトクダをお見捨てになるのですか？」

常日頃無宗教家に見えるランダス・バチスタも、天に向かって涙ながらに叫ぶように祈るのだ。

◆常長の通りし国に菊香り

２００２年～２００４年キューバ大使館によく寄せてもらった。大使館の山中道子さんにお世話になった。

世界中に医師を貸し出しているのに驚いた。ベネズエラには、１万人の医師を貸出しベネズエラはお礼に石油をキューバに送っている。キューバは日本と同じ島国。石油資源も無い。医療外交によって問題を解決。

このキューバに４００年もの昔立ち寄った侍がいた。１５７１年生まれの仙台藩の支倉常長である。太平洋を横断してメキシコ大陸をワラジ履きで大西洋に出た。メキシコのスペイン語には、今もサンダルをワラジと呼ぶともアナマリア特派員記者から聞いた。

侍姿の支倉常長の銅像がハバナにあると言う。阿部知子衆議院議員はその銅像を見たと伝えて下さった。支倉常長は洗礼を受け大西洋も横断してローマ法王に謁見して、帰路フィリピンまで来た時は、秀吉によりキリシタン禁制となっていたがあえて帰国し、１６２２年に仙台藩で亡くなった。

コロナ時代に医療外交で世界に貢献しているキューバに、ノーベル賞をもらえるように推薦しだした人が何人もいる。阿部知子代議士もその御一人である。

もし受賞して２０００万円のノーベル賞が与えられれば2億円以上の価値がある。キューバは、平均月給が２４００円と聞いたので価値は10倍以上にはなるのだ。私も応援したい。

２０２０年には、藤沢市でのキューバの音楽会会場で久しぶりにキューバ大使館の山中道子さんにお会いした。

◆大使館大関来る花見かな

ブルガリア大使館での花見の会。２００６年春、桜をめでる会が代々木のブルガリア大使館で開催されて招待を受けた。大関琴欧州関も出席。「ブルガリアに巨大病院を作っていただき有難う」と感謝された。

徳洲会は１０１６床の病院を首都ソフィアに作ったのだ。南西ヨーロッパでは最大の投資額と報道された。

徳田虎雄理事長は、15年もかけてブルガリア国での健康保険制度も提案された。それらは開院して半年間は機能した。現地の経営陣も良く尽力された。しかし、周辺国から患者難民が押し寄せ、工夫に工夫を重ねていたが、ついに２０１６年にはトルコの医療団体に売却した。この団体の筆頭株主は三井物産。縁は続く。

◆遅咲きの桜をめでつ我は生き

二人の牧師（母と妻淑子）二人とも人生後半に牧師になった。母森トミ子は下関市彦島で１９１９年に生まれた。成長してからは、世界初の海底トンネルを掘削するための機械類を海外に発注する仕事に携わった。

東京から下関に来ておられた、鉄道省下関側事務所の責任者釘宮博士の下で勤務。トンネルの起点は彦島の江の浦。

父森志郎は、彦島の三井東圧の工場に勤めホルムアルデヒドの製造を研究していて被爆し結核になり母の実家（門司市錦町11丁目）で亡くなった。亡くなる前に母に言った。

『ご利益宗教でなくキリスト教の教会に行きなさい』

母は熱心に門司楠町教会に通った。

老松公園の上にＹＭＣＡと共にあった、１９４９年ごろ、教会は門司教会と名前を変えて出雲町に移り、福井二郎牧師が満州から引き揚げて来られて、毎朝早天祈祷会がもたれた。

母の弟も引き上げて来て仲町４丁目に山本菓子卸店を開店。大変繁盛した為に母は教会に行けなくなった。そこで、店が開店する前に毎朝福井二郎牧師が来られて礼拝がなされるようになった。

母は私に牧師になれとくり返し要求したので、ノイローゼになりそうになった時に内山完造が来て「牧師にならんでもエエ！　日中友好に心を尽くせばええんじゃ！」とノイローゼから解放してくれた。

それで母は人生半ばで牧師になる決意をして、日本聖書神学校に入り牧師になった。妻森淑子は母の生き様を見て尊敬するようになり、兵庫県の聖和大学に入りキリスト教教育主事の道に進んだ。息子を託児所に預けての大学通いであった。若者達に混ざりキリスト教の勉強をした。

卒業後、キリスト教教育主事として狭山市入間川に日本基督教団の狭山伝道所を開設（１９８９年）。四竈揚牧師等の助けを得て、１９９７年に献身して主任担任教師となった。２０００年に牧師正教師となった。

母と妻淑子は血が繋がっていないが二人とも牧師になった。母は79歳で徳之島伝道所を隠退した。

淑子は77歳で狭山教会を隠退し、３年間協力牧師として働き、80歳で協力牧師も隠退。

二人とも牧師になったのは、私が迷いがちな羊だったからだ。

JULY-22-62
IN THE

◆菜の花を頼りて我は今を生き

二人の命の恩人。平井愛山院長と三角和雄院長。平井愛山先生は、千葉県立東金病院院長だが、秩父の皆野病院に来ておられた。地域医療が大好きな内科系ジェネラリスト。私もこの愛山先生が好きで、皆野病院に通った。

２００８年のある日突然、愛山先生から「千葉西総合病院の三角和雄院長を訪ねて行け」と命じられた。心臓の冠動脈にカテーテル治療がなされてステントを７本もいれていただいた。結果として顔色もよくなり元気に過ごしている。お二人は命の恩人である。

三角和雄院長は、東京医科歯科大学の教授を兼務。驚いたことにロシア語まで習得されている。カテーテル治療では、日本一の件数と評判が高い。月に１６００人もの中国語の患者が押し寄せる病院には、５人の医療通訳が入り口に待ち受け、入ると空港のロビーを思わせる。英語、中国語、タガログ語通訳まで待機。

コロナの時代にも、いち早く体制をとられた。三角院長は、手術室に入って来られる際に、患者の名前を呼ばれながら入って来られる。「モリさーん、みすみですよー」と。

◆内戦もハイビスカスが止めにけり

インドネシア、バンダアチェ巨大津波（２００４年12月26日）

２００４年、インドネシアに向かっていたジェットの機上でアチェの大津波のニュースを知った。

16万人が犠牲になり、周辺国を入れると23万人が犠牲となった。タイのタクワパーではプミポン王のお孫さんも犠牲になった。ジャカルタのメテロテレビのスリアパローＣＥＯと会議に入り、必要な医薬品のリストを徳洲会本部に送付。なんとあくる日には届いた。

国連の太平洋地域、ウイットラー大使にも面談したら「どの国の救援隊のなかでも徳洲会医療救援隊が一番早かった」と褒められた。

メテロテレビＣＥＯのアチェ人のスリアパローからは、「親族は皆津波に流された。バンダアチェ病院も機能してない。医師や看護師からなる医療救援隊を至急派遣を」と強い要請がはいった。徳田理事長からも、「至急帰国して救援隊を組織せよ」と命令がはいった。年末だったが、全国の院長にお願いして医師と看護師達を東京に集めた。

１次２次３次隊まで、構想を伝えて派遣した。骨折等の患者を想定して、最新のスコッチキャストを持たせた。現地では、これが威力を発揮した。どこの救援隊よりも迅速に骨折部位を巻いて治療した。

これを注意深く見ていたバリ島タバナン病院のカラヤウチ女医が、スコッチキャスト法を習熟し手伝いはじめた。

これが後になって、国連から表彰を受けた。救援だけでなく、医療技術の伝授も行ったと国連デブネット賞が贈られた。

最後の救援隊が派遣された2005年4月23日、小泉首相も現地入りして来られた。チームの全員と握手をされて労をねぎらっていただいた。

僕は現地の新聞記者に首相を紹介した。

アチェには独立運動があり、独立軍とインドネシア中央政府軍とは長期にわたり内戦を繰り返していた。しかしこの巨大津波でこの内戦はとまった。

私は、帰国後TMAT（徳洲会医療救援隊）を立ち上げて内閣府に登録した。同時に四街道徳洲会病院・原野和芳院長の指導で訓練も開始した。

結果として、この国の内戦は終わった。

小泉首相の訪問は、無駄ではなかった。

◆人吉の祖母の言葉ぞ鶯や

祖母の言葉。祖父の言葉。人吉のほりの馬場村に、渡駅の方角から汚れた包帯を腕に巻いた親子が入って来た。伝染を恐れた村人は、子供達をけしかけて「カッタイ入ってくるな！」と声をかけさせ、石つぶてを投げさせた。幼い僕も投げようとした。その腕を祖母がつかみ、「そげなことをしちゃいかん。あん人たちゃ神様かもしれんばい」カッタイとはハンセン病のことである。

この祖母の言葉は、僕の一生の生き方を決定した。

祖母ショは、正代関の出身地宇土市で旅館の娘。祖父武雄のルーツは、八代市田の浦。人吉の相良殿様が、農地を解放したので田の浦の村人が集団移動したらしい。祖父は、結婚した妻淑子に言った。「孝は汽船と同じ。どこに行くかあなた次第。舵をしっかり握っていてください」。700年続いた相良家は、明治になり東京に移り、その末裔が、僕の主治医・相良勇三院長である。狭山教会の真ん前に、新狭山セントラルクリニックを開院した。人吉市には、大きな相良神社が700年にわたる相良家の栄華をつたえている。

◆紫にあこがれ落ちて地下モグラ

立教にあこがれて浪人。長嶋茂雄、本屋敷錦吾、杉浦忠の立教三羽ガラス。野際陽子、東海林のり子の活躍する立教を受験するも、不合格となり落胆。

浪人生活を赦してもらい、原宿で下宿生活。そこでの青山学院大生に「立教ごときに浪人するとは?」と言われて二度も落胆。

それで、東京外語大学英語科を受験しようと生物1科目を増やして勉強始めた。結果は立教合格、東京外語大学は不合格。

この挫折をバネにして、登戸学寮に入れてもらい、毎朝6時45分から天声人語を英語で読む会をした。

◆雪時に三船迎えに羽田かな

1961年12月5、日立教大学で国際学生会議（ＩＳＭ）が開催された。来賓には、米国駐日ライシャワー大使夫妻と各国の学生に交じり、メキシコノベダデス新聞特派員アナマリア・イワダレアズマ記者が、取材の為に出席していた。多過ぎる質問をされたので、2日後に新宿中村屋で継続取材。メキシコでは、名前の後ろにご両親の名前が付くのを初めて知った。

岩垂さんと我妻さんの間に生まれた日系二世が、アナマリア特派員記者だった。

メキシコでは、三船敏郎が主演の「価値ある男」が撮影されていたが、羽田空港に今夜帰国するのを迎えに行くからついて来いと言われた。三船夫人とアナマリアと3人で、国際線の出口で待った。

三船敏郎は貧しい農夫の役で、農夫が使うスペイン語を彼女が教え、敏郎さんは毎日猛特訓。「出発前にはかなり話せた」と三船夫人から聞いた。

国際便は良く遅れることが多いが、この日も遅れた。僕は、寮の門限を気にして一人先に帰った。

数日後、お土産だとテキーラと先住民が手織りしたセータをもらった。

◆枡形の麓に咲ける櫻かな

登戸学寮設立者・黒崎幸吉先生と寮母江原祝様。登戸学寮は、1958年に聖書学者黒崎幸吉伝道者により設立された。先生は僕と野村俊一君とが北海道旅行に出発する際に祈ってくださった。「食うにも飲むにも神の栄光を現すように」と。

黒崎家は山形庄内藩の500石取りの家柄で、妹の江原祝寮母はお姫様だった。その時の寮長は、フエリス女学院大学の里見安吉教授。寮母江原祝さんには何でも相談できた。就職先では、住友スリーエムが紹介され、京都旅行では私のスケッチを見て頂くために矢内原伊作先生をもご紹介いただいた。ノット・ノーマルな大都会の中のオアシスが登戸学寮だった。1958年は、戦後動乱期が終わる時でもあり、気のゆるみが若者達にもその影響が心配された。さらに1960年には、安保反対学生運動の前夜でもあった。1960年6月15日には、機動隊と学生との間で飛び交う石つぶて。樺美智子さんが、目の前で亡くなった。木戸君も警棒でぼこぼこに殴られて、顔を腫らせて寮に帰って来た。二人とも東大生だった。木戸君は、人生に失望の末に寮から離れた場所で自殺を遂げた。寮では愛を感じたが国には失望したのだ。激動の60年安保の年。僕は、木戸君の自殺を止められなかったことに心に痛みを今も感じる。

◆夏ミカン心ふるえてドラッカー

立教大学では、三戸公教授のゼミ。今思うとノット・ノーマルなゼミだった。週に3回。ゼミは、8時間にも及ぶ長い日もあった。

砂押邦信監督は、長嶋茂雄、本屋敷錦吾や杉本忠を育てたがノット・ノーマル。三戸公教授もノット・ノーマル夏ミカン。大学でのゼミの他に、夜の飲み会にも談義は続いた。このゼミで、私は「ドラッカーの現代の経営」を発表した。神宮の球場には、立教三羽烏は卒業しておりがっかりした。

その分、メキシコノベダデス新聞特派員アナマリア記者やインドからの留学生シン・クラナ君等と交流した。タイのサムランソンバットパニット君とも、長くつきあった。卒業後、タイの東北ノンソンブーンのハンセン病施設までの旅行まで付き合ってもらった。これ等の時間の間を抜けて、東大の聖書教室に通った。この三戸ゼミからはホンダの狭山工場長、アメリカの工場長を勤めたY君が出た。

立教には、糸魚川順君、柴崎昌彦君と寮から一緒に通った。糸魚川君は、銀行に勤めた後、立教全体を見る理事長になり、現在も聖路加看護国際大学の理事長を務めている。

◆関門を見下ろし咲ける水仙や

宅和元司投手と野村克也監督。門司東高校の5歳先輩に宅和元司投手（1935年生まれ）がいる、銀座で野村克也さんに会った。

「門司東出身です」と言ったら、「おー宅和元司はどうしてる？よろしゅう言うてくれ、わしが無理な球を要求したから、宅和投手の選手寿命を短くした。彼の成績は素晴らしかった。しかし宅和の腕は悲鳴を上げていた」と。宅和投手は、パ・リーグ初の投手で三冠王達成。

日本での活躍の後は、門司港とも縁の深い台湾の野球チームで監督として選手を大切にした。特に投手を大切にした。門司東時代から剛腕投手として注目された。しかし、短命に終わった大エース。まるで彗星のようだった。

私の原宿時代、飯塚商業高校卒の小鶴誠が訪ねて来た。同居人の松島氏を訪ねて来ていた。美しい打撃フォームで和製ディマジオと呼ばれていた。打点数、塁打数、得点数の歴代1位記録保持者。とても親切にしていただきドライブにも連れて行ってもらった。

門司東出身と言うだけで、まだ自家用車が普及してない時代に、マイカーでの東京ドライブ。宅和さん有難う。

野村克也さんは１９３５年生まれ、２０２０年２月に亡くなられた。
小鶴さんは１９２２年生まれ、２００３年に亡くなられた。

◆サメ泳ぐ海峡泳ぎ逮捕され

1955年、関門海峡横断失敗。関門海峡は、九州と本州を隔てる海峡である。下関の関と門司の門を取って関門海峡と呼ばれ、海流の速さは10ノット。門司税関の津々見成年さんによれば、「日本水泳連盟会長の古橋廣之進でも横断できない速さの海峡」。

高校2年の夏の漢文の授業を、国盛紀之君と抜け出して、門司港の田の浦から飛び込んだ。泳いでいるうちに海流に流されていることに気づいた。瀬戸内の方にどんどん流されて行く。大型船も横を通り過ぎる。瀬戸内の島々も接近してくる。しかし、突然流れは逆方向に流れ始め、和布刈神社や灯台、海の中の石灯籠が通り過ぎて行く。門司側の道路の上を、人々がわめきながら走っていく。アッと言う間に門司港湾の中の立体倉庫に接近。水上警察の船も接近してきた。船上からは拡声器で「そこの少年たち止まりなさい。ここは遊泳禁止区域です。」

僕達は、船上に引き上げられて、学校名と氏名年齢を聞かれた。門司税関に、裸のまま連れていかれた場所には、国盛君の母親も私の母親も来ていた。取調官は津々見成年さんだった。門司教会の教会学校の校長先生。

「なんだ！タカシ君じゃないか！」

税関では聞き取り調査がなされた。門司東高に電話が入り、先生からもう一人の森巍（タカシ）に電話が行った。その母親は「うちの巍は裏で西瓜を喰うちょります」と答えた。

この年に、東高のK先生から職員室に呼ばれて「貴様、昨夜キャバレー月世界に行ったただろう?」と尋ねられた。「ハイ、夕方行きました」「なにーっ」と言われてビンタをくらった。倒れるくらいの痛さだった。なんで殴られるのだ? 毎日ピーナッツやエビせんべいを月世界に配達に行っているのがどうしていけないのか? 他の先生がK先生に耳元でつぶやいた。K先生が頭を下げた。「スマンカッタ。モリタカシ違いだった。」

森巍が、最近連日月世界キャバレーに遊びに行っちょるらしい。

彼は、船員の息子でお金には不自由してなかったらしい。それに親父さんが、航海に出ると家にいなかったから自由だったのだ。

◆美術部で一緒だった大橋（村上）慶子さんの森孝の印象

「瀬戸内海周防灘に面した、小高い丘に立つ石造りの部崎（へさき）の灯台に、向かって絵具を持ち口笛を吹きながら肩を揺らし歩く姿はロマンチックだったなー」

慶子さんは、絵画でも優秀だったが、皮革作品でも有名になり、国内外で展示会を開催した。

◆なべ鶴や各地に飛びて巣を作り

１８９９年から１９８３年の生涯で、７つの教会を立てたスーパー牧師。満州承徳で伝道し、ラクダに乗り荒野を渡り、上海同文書院で身に着けた標準中国語で熱河宣教と言う偉業を成し遂げた…神学校も出ていない、伝道者が牧師の資格を与えられて九州教区長にもなった。

福井二郎牧師夫妻は、毎朝早天祈祷会を門司教会で開き、その後で、門司港仲町４丁目にあった山本菓子卸店で開店前の礼拝をもった。月に一度は、夜の子供の集会と町内の商人の大人たちの集会を開いた。

日中友好協会初代理事長の内山完造とともに来て、上海漫談と門司港の発展の鍵は、日中国交回復にあると商人たちを勇気付け聖書の話をした。こんな中で中学生の僕は、門司教会で洗礼を福井二郎牧師からうけた。中学３年のクリスマス礼拝で！ 福井二郎牧師夫妻は、喜界島の大朝戸にあったジャングルの中の教会に招聘されていかれた。最後は東京西池袋教会の牧師をされた。

１８９９年生まれ。１９８３年に召天された。

教会を建てても、安住しない牧師だった。

宮沢賢治『夜鷹の星』中２の時。下真中が筆者

◆西尾富士子先生１９５４年

門司吉野中学の西尾富士子先生は、母子家庭の内田俊平君と僕とをよく気にかけて下さった。

「内田俊平君は良く頑張っている。森君も頑張りなさい」と何度言われても勉強はせずに、宮沢賢治の風の又三郎やヨタカの星の劇の主人公の役を楽しんだ。また、外国船に配達に行き、下級ギリシャ船員達との会話を楽しんだ。英語はもちろん、ギリシャ語もこの配達で身につけた。ギリシャ語は、医療の世界に入ってから役にたった、教会では讃美歌も役にたった。

高校受験では、音符が「ララシララシラシドシラシラファ」と記載されて、この曲名を当てよとあったので「サクラサクラ」とすぐに答えを出せた。門司東高から西尾先生に成績が帰って来た。先生は僕を呼んで言った。

「何よこの成績！この成績なら小倉高校だって悠遊と合格してるわ。あきれた子」

西尾富士子先生も内田俊平君の母親も門司教会の会員だった。中学時代の親友は、飯田忠宏君。門司掖済会病院の薬剤部長の息子。この病院の卓球台で、毎日飯田君と汗をかいた。

彼は岐阜薬科大に進み、薬剤師となりエーザイに就職。60歳でパラグラダーに出会い、80歳になっても世界中の空を飛んでいる。
定年退職後も、奈良の漢方薬メーカー三光丸に勤務している。
81歳にして、紀の川上空を飛び瀬戸内海に着水した。

◆丸山小学校6年2組担当の大崎（乾）節子先生は上海帰り

大崎家は、上海の内山書店の前にあり、魯迅の家とも近かった。お母さんの徳子さんは、母や尾関芳枝伯母のお花の先生だった。娘さんの節子さんは熊本大学を出られてすぐに、門司市立丸山小学校の僕達の担任をされた。

そのクラスでは、川原田肇君と仲がよかった。彼も僕も母子家庭だった。彼も僕も型にはまってない生徒。目が離せない生徒だったらしい。団体で隊列組んで老松公園に行っても、二人は隊列からはぐれた。大崎先生は手を焼いた。川原田家は大きな畑があった、畑には、黄色い木苺が実り、小学校の帰りには、立ち寄って苺を食べて、お祖母様の自慢の巨大なダイヤの指輪を見せてもらった。

川原田家は、門司港の石炭の積み出しで財を成した家でお城のような石垣の家だった。祖母様の指輪は黒いダイヤそのものだった。肇君は級長のような自由度がない役をきらった。商売家の僕も自由度が好きで気があった。節子先生も上海帰りでダンスを自由にされた。

門司丸山小の生徒達は口をあんぐり開けて眺めてた。大高先生には僕は目をかけてもらった。博多の志賀島に連れて行ってもらい絵を描く楽しみを初めて教えてもらった。旅行の楽しみも教えてもらった、1年生は玉井先生だった。

僕は、幼稚園も無い人吉市ほりの馬場村から門司港に帰ってきて言葉も解からない社会性のない子供だった。玉井先生の教室では、白いクレパスで黒板に書きまくり先生を泣かせてしまった。白いチョークとクレパスの区別もつかない社会性のない子供だった。ほりの馬場村に疎開する前は父の結核に感染して小児結核だった。

しかし、空気のきれいな村で、幼稚園も行かずに、小鮒やメダカと遊んだので、小児結核も喘息も吹き飛んでしまった。体が弱く幼稚園に行けなかった衆議院議員阿部知子代議士とは、心が通じ合っている。

徳洲会にはいったときの歓迎会に徳田理事長は、阿部知子先生を入れていて下さった。虎雄さんも型にはまらない異端児であった。１９５３年に、奄美群島が日本に返還されると虎雄さんは日本の僻地離島にも病院を作りまくった。

日本最大の医療法人徳洲会を作り、２００６年にブルガリアにも１０１６床の巨大病院を作り、災害医療救援にも力を入れて、バリ島の奥地タバナン村にすら透析センターを作り、現在も機能している。

世界では15か国に透析センターを開設。

大崎先生

◆小学校時代の恩師、乾（大崎）節子先生の２０２１年のメール

「型にはまっていないのが面白く見ていたよ。目が離せないが新米教師でも大丈夫でした。神様のお守りがね」

先生の言葉、「苦しい時は天を見よ」は今も覚えている。

丸山小学校を卒業すると同じ敷地にあった吉野中学に進んだ。まるで小中一貫教育。幸せだった。小学生時代から中学生の宅和元司投手を見せてもらったのだ。庄司中や港中の生徒達から「吉野中にはすごい投手がおるのぅ」と言われた。

小学校３年の時、門司港の仲町に叔父の正喜が山本菓子卸店を開店したので、僕はここに移り庄司中に行くことになっていたが錦町の叔父の片山龍介の家に籍を置いて吉野中に通った。

全ての出会いの中で恩師に恵まれ育てられた。

最大の出会いは、徳田虎雄衆議院議員との出会いであり、海外要人と取り組む中で厳しく育てられた。

このような人生を与えられて天の神様に感謝いたします。

【森 孝プロフィール】

1940年福、岡県の門司港に誕生。結核の父親から感染するも熊本県人吉市への疎開で回復。住友３M入社後インドで感染して肝炎になるも回復。米国CDC（疾病予防センター）で感染の研修。徳洲会に入社後アジア諸国で災害医療と医療改善に取り組む。

徳田虎雄に育てられた男

2021年8月8日 第1刷発行
著　者　森 孝
発行者　釣部 人裕
発行所　万代宝書房
〒176-0002 東京都練馬区桜台 1-6-9-102
電話 080-3916-9383　FAX 03-6914-5474
ホームページ：http://bandaiho.com/
メール：info@bandaiho.com
印刷・製本　日藤印刷株式会社

ISBN　978-4-910064-48-2　C0036

装丁・デザイン／石黒順子